# Le jour
# de l'araignée

N'ayez peur de rien et visitez notre site :
www.soulieresediteur.com

## Du même auteur

Chez le même éditeur :

*L'Arbre de Joie*, roman, coll. Ma petite vache a mal aux pattes, 1999. Prix Boomerang 2000.

*Zzzut !* roman, coll. Ma petite vache a mal aux pattes, 2001. Prix Communication-Jeunesse 2001. Sélection pour la Bataille des livres 2005-2006 (Suisse).

*Mineurs et vaccinés*, roman, coll. Ma petite vache a mal aux pattes, 2002, $2^e$ position au palmarès de Communication-Jeunesse 2002.

*Mon petit pou*, roman, coll. Ma petite vache a mal aux pattes, 2003, Finaliste Prix choix du public au Salon du livre de Trois-Rivières 2004, Finaliste au Prix Communication-Jeunesse 2004.

*Un gardien averti en vaut trois*, roman, coll. Ma petite vache a mal aux pattes, 2004. Finaliste au prix des abonnés des bibliothèques Mauricie et Centre-du-Québec.

*Zak, le fantôme*, roman, coll. Chat de gouttière, 2003. Prix Hackmatack 2005, Finaliste au Prix Communication-Jeunesse 2003.

*C'était un 8 août*, roman, coll. Graffiti, 1999. Finaliste Prix Hackmatack 2001.

*Les Tempêtes*, roman, coll. Graffiti, 2004. Finaliste au prix du Gouverneur général du Canada 2005.

*L'Initiation*, roman, coll. Graffiti, 2005.

Aux éditions Michel Quintin
Série *Savais-tu ?* ; 28 titres

Aux éditions Pierre Tisseyre
Série *Coco* ; 6 titres

# Le jour
# de l'araignée

**un roman écrit par Alain M. Bergeron**
et illustré par Bruno St-Aubin

SOULIÈRES ÉDITEUR

case postale 36563 — 598, rue Victoria
Saint-Lambert (Québec) J4P 3S8

Soulières éditeur remercie le Conseil des Arts du Canada et la SODEC de l'aide accordée à son programme de publication et reconnaît l'aide financière du gouvernement du Canada par l'entremise du Programme d'Aide au Développement de l'Industrie de l'Édition (PADIÉ) pour ses activités d'édition. Soulières éditeur bénéficie également du Programme de crédit d'impôt pour l'édition de livres – Gestion Sodec – du gouvernement du Québec.

Dépôt légal: 2006
Bibliothèque nationale du Canada
Bibliothèque nationale du Québec

**Catalogage avant publication de Bibliothèque et Archives Canada)**

Bergeron, Alain M.

Le jour de l'araignée

(Collection Ma petite vache a mal aux pattes ; 68)

Pour enfants de 6 ans et plus.

ISBN 2-89607-035-4

I. Sampar. II. Titre. III. Collection.

PS8553.E674J68 2006      jC843'.54     C2005-942064-2
PS9553.E674J68 2006

Conception graphique de la couverture:
Annie Pencrec'h

Logo de la collection:
Caroline Merola

*Aux inséparables
Danielle et Esther.*

# Chapitre 1

# Des fourmis dans les jambes

Il m'arrive parfois de me réveiller le matin avec des fourmis dans les jambes tellement j'ai hâte que la journée commence. C'est fréquent les fins de semaine.

D'autres fois, j'ai des papillons dans l'estomac à la simple pensée, par exemple, d'une communication orale devant la classe.

Ça m'affecte, surtout les journées qui se terminent en « i ».

Mais c'est juste une façon de parler. Parce que je n'ai pas de vraies fourmis dans les jambes. Allons donc ! Et puis, peut-on imaginer de quoi auraient l'air les papillons dans mon estomac ? Comment y battraient-ils des ailes ? Surtout, par quels mystérieux moyens s'y seraient-ils logés ?

Par contre, je peux concevoir l'idée d'avaler une mouche en me promenant à vélo. Ça m'est déjà arrivé et ce n'est pas très agréable au goût. Même le meilleur ketchup au monde – celui de maman – n'y changera rien !

Mais un papillon dans l'estomac ? Avant de déployer ses ailes, cet insecte était une chenille, pas particulièrement reconnue pour sa rapidité… Il faut vraiment que je dorme profondément pour ne pas m'apercevoir qu'une chenille entre dans ma bouche, descend dans ma gorge pour prendre place dans mon estomac, protégée des sucs gastriques. C'est le genre de truc qui reste… sur l'estomac !

Mais moi, quand je dis que j'ai une araignée sur le front, je ne parle pas au figuré.

Je ne sais pas pourquoi, ni comment, mais… c'est vrai !

Quand j'ai ouvert les yeux, j'ai senti quelque chose sur mon front. J'ai secoué la tête, convaincue que cela réglerait la situation. Ça n'a rien donné du tout.

Avec ma main, j'ai voulu chasser ce que je croyais être une mèche rebelle. Là, j'ai conclu au toucher que je m'étais trompée. C'était doux, presque comme de la fourrure, et ça frémissait quand je passais mes doigts dessus. J'ai imaginé plein de choses, mais j'étais très loin de la vérité, même si elle se situait tout juste au-dessus de mes yeux.

Je me suis levée pour aller à la salle de bains. J'avais très

envie… de voir de quoi il en retournait. Quand je me suis regardée dans le miroir, j'ai hurlé de terreur !

J'avais beau courir partout dans la maison pour essayer de mettre le plus de distance possible entre l'intruse et moi, c'était inutile.

Une grosse araignée noire et velue était plaquée sur mon front !

# Chapitre 2

# J'en veux une,
# moi aussi !

Alertés par mes cris, mes parents ont accouru pour venir à mon aide. Mon frère, plus jeune que moi de deux ans, a tout de suite compris la source de mon malheur.

—Eh ! Maman ! Papa ! Marie-Pier a une araignée sur le front !

Et il s'est fâché et il a tapé du pied sur le sol de la salle de bains.

—C'est pas juste ! Moi aussi, j'en veux une ! Pourquoi c'est elle qui a tout dans la maison ? Moi, je n'ai jamais rien !

Il s'est engouffré dans sa chambre en claquant la porte.

Papa, qui n'aime pas les insectes, a grimacé lorsqu'il m'a vue.

—Beurk ! a-t-il dit en quittant la pièce.

En fait, c'est lorsqu'il a aperçu l'araignée qu'il a grimacé. Il regardait, par contre, dans ma direction…

Maman, elle, raffole de ces bestioles. Elle s'est attendrie et elle m'a caressé le front.

—Pauvre petite coccinelle. Mais qu'est-ce que tu fais là ?

C'est à moi que maman s'adressait, pas à l'araignée. Du

moins, je l'espère, sinon je serais jalouse, bon !

—Araignée du matin, chagrin, m'a-t-elle dit en haussant les épaules.

C'est vrai que j'ai de la peine…

—Mais ça peut porter chance aussi, a-t-elle corrigé immédiatement.

Papa était de retour avec le marteau flambant neuf que je lui ai acheté pour son anniversaire cet automne.

—Ne bouge surtout pas, a-t-il prévenu en approchant la tête du marteau de la tête de sa fille.

Alors qu'il allait s'élancer pour écraser l'araignée, maman, cette chère maman, a bloqué son geste.

—Arrête ! Tu pourrais lui faire du mal !

Parlait-elle de moi ou de l'arai-

gnée ? Je n'osais pas le lui demander.

—C'est vrai... Ce que je peux être idiot parfois, a répondu papa.

Et, en s'éloignant, il a rajouté :

—Cela aurait fait un beau gâchis sur mon marteau neuf...

Le sourire de maman m'a rassurée un peu.

—Allez, ma puce, viens brosser tes dents et faire ta toilette.

Au même moment, mon petit frère est sorti de sa chambre.

—Papa ! Maman ! Moi aussi ! Moi aussi ! a-t-il crié.

Avec un stylo feutre noir, il avait tracé sur son front... une grosse araignée.

# Chapitre 3

# Avec une spatule ?!

J'ai plissé le front, joué du sourcil pour déloger l'araignée, en vain. Maman a bien essayé de la retirer délicatement, mais l'araignée semblait soudée à ma peau.

—Et si on essayait avec une spatule ? a demandé papa.

Maman a rejeté la suggestion, tant elle lui paraissait ridicule.

—Tiens, c'est curieux, ça, a-

t-elle dit en m'examinant atten-
tivement.

Elle a compté à voix basse
jusqu'à six.

—L'araignée n'a que six
pattes... Il en manque deux !

—Elle est monstrueuse en
plus ! ai-je dit au bord des larmes.

—C'est pas juste ! a bou-
gonné mon petit frère. Elle en a
deux de moins que moi. Il faut
que je recommence...

Maman a consolé mon petit frère. Mouillant un doigt de sa salive, elle a effacé deux pattes à son araignée.

Papa a dit à la blague qu'il savait pourquoi mon araignée n'avait que six pattes au lieu des huit pattes habituelles.

—Elle devait se cacher dans l'herbe quand j'ai tondu la pelouse. Lorsqu'elle m'a vu approcher, elle a crié : « Une tondeuse ! » en levant les pattes au ciel. Et zou ! Deux de moins…

Maman ne l'a pas trouvée drôle, celle-là.

—Je ne peux pas aller à l'école comme ça, maman, lui ai-je dit en désignant mon front.

Si j'avais un très très long toupet, je pourrais toujours m'en tirer. Mais j'ai les cheveux plutôt courts et le front dégagé. Mais

là, il est encombré d'une araignée.

—Tu as raison, a-t-elle con-
venu en me donnant un tendre
bisou sur la joue. Nous n'irons
pas à l'école tout de suite.

Ouf ! J'étais soulagée. Je me
voyais mal aller dans ma classe
avec Mademoiselle six pattes !

Nous avions plutôt rendez-
vous chez le médecin…

Il a pris ma température et ma
pression artérielle. Il a regardé
mes oreilles, ma gorge, mes
yeux.

—Elle est en parfaite santé !
a-t-il annoncé. Il n'y a pas lieu
de s'inquiéter. Si elle a mal à la
tête, donnez-lui de l'aspirine, ça
va la soulager.

Quand nous sommes sorties
de son bureau, j'ai dit à maman,
d'une voix tremblante :

—Je ne peux pas me présenter à l'école comme ça ?

—Tu as raison, ma libellule. Nous sommes attendues chez le vétérinaire.

# Chapitre 4

## Une mouche
## ou deux...

—Elle est en parfaite santé ! a conclu le vétérinaire après l'examen de routine.

—Merci, docteur ! a dit ma mère avec un sourire.

—Si jamais vous voyez qu'elle a faim, une mouche ou deux et le tour est joué.

—Une mouche ! Je ne mange

pas de mouches ! me suis-je exclamée.

J'ai compris à son regard qu'il ne parlait pas de moi...

Puis le vétérinaire a ajouté que si je ne dérangeais pas trop l'araignée, elle ne devrait pas me piquer.

—C'est très rassurant, lui ai-je répliqué, avec une moue de dépit.

Le vétérinaire m'a dit de ne pas m'en faire avec toute cette histoire.

—Il ne faut pas s'inquiéter pour elle, même s'il lui manque deux pattes. Ça arrive plus fréquemment qu'on le pense, vous savez. Une tondeuse et zou !...

Maman m'a entraînée hors du bureau. En voiture, j'ai bien vu qu'elle prenait la direction de l'école.

—Mais maman... ai-je voulu plaider.

—J'ai un papier du médecin. Tu n'es pas malade. Une araignée sur le front, ce n'est pas contagieux comme la varicelle ! Et n'oublie pas la photo d'école aujourd'hui !

La photo ?

—Oh, non !

J'ai marché dans les couloirs de l'école, longeant les murs, les yeux rivés sur le sol, sourde aux salutations amicales. J'avais la main sur le front pour cacher

Mademoiselle six pattes aux regards des curieux.

J'ai remis le billet du médecin à mon professeur et je me suis assise à mon pupitre.

—Maintenant que Marie-Pier est parmi nous, nous nous rendrons dans la grande salle pour la photographie de classe, a-t-elle annoncé.

La mort dans l'âme et la main sur le front, j'ai suivi le groupe.

Le photographe, chauve mais très gentil, nous a placés en deux rangées. J'espérais être à l'arrière. Comme je suis petite, je me suis retrouvée à l'avant, en plein milieu.

—Attention… Tout le monde est prêt ? Un… Deux…

J'allais m'en tirer… J'allais m'en tirer !

—Un instant ! a dit le photographe. Toi, là, au centre, tu peux retirer la main de ton front ? On ne voit pas tes beaux yeux.

Je lui ai fait signe que non. Il a insisté, mon professeur aussi et les autres élèves qui avaient hâte d'en finir également.

J'ai eu une idée. Elle n'a pas plu au photographe. Alors j'ai dû enlever la main de mon voisin que j'avais placée devant mon front…

J'ai finalement obéi et j'ai dévoilé la vérité à tous.

Il y a eu un éclair.

Sur la photo, je suis isolée… Les autres se sont éloignés de moi, dégoûtés…

# Chapitre 5

## Est-ce que
## ça fait mal ?

Une fois de retour en classe, le choc initial passé, les élèves se sont attroupés autour de moi. J'étais l'objet d'une attention particulière. On m'a posé un tas de questions ou on m'a lancé de drôles de remarques :

—Ça te fait mal ?

—Encore chanceuse que tu

ne te sois pas réveillée avec une araignée dans la bouche !

—Regardez avec vos yeux, pas avec vos mains, a prévenu le professeur.

—C'est une araignée mangeuse de cerveau ! J'en ai vu une dans mon livre, pareille à celle-là !

—Elle va sûrement mourir de faim.

—Il paraît qu'elle pond des milliers d'œufs en une seule journée !

—Tu me la prêtes, dis ?

—Et puis quoi ? J'ai des poux dans la tête et personne ne m'en parle…

—Ne bouge pas ! Ça me ferait un excellent sujet pour une toile, m'a dit un élève artiste.

—On dirait la cicatrice d'Harry Potter !

—C'est très utile, une araignée : ça mange des mouches !

—C'est vrai, ça. Marie-Pier n'a pas une seule mouche sur le front...

—Mais elle n'a que six pattes !

J'ai raconté le coup de la tondeuse de papa avec un zzzou ! comme effet sonore et tout le monde a ri. J'étais devenue la fille la plus populaire de la classe !

ZZZooouu !

Je commençais à m'amuser jusqu'à ce que quelqu'un

mentionne le nom de Jean-Robert...

—Jean-Robert ?

C'était un grand de quatrième année qui détestait les araignées. À la récréation, il se plaisait à les attraper. Puis il les brûlait vivantes par l'action combinée d'une loupe et des rayons du soleil.

—T'aurais dû mettre de la crème solaire ! disait-il au son du grésillement de l'araignée qui se consumait sous ses yeux.

Ou alors, quand le ciel était nuageux, il écrasait sa victime d'un coup de talon, sans autre forme de procès.

S'il voyait Mademoiselle six pattes sur mon front...

# Chapitre 6

## Scrutée à la loupe

J'ai des papillons dans l'estomac. Au sens figuré ! Il n'y a pas là un papillon digne d'intéresser un collectionneur.

Que ferais-je si, par malheur, je rencontrais Jean-Robert, l'ennemi numéro un des araignées ? Cette seule pensée me rendait nerveuse. Est-ce qu'un coup de talon dans le front est moins douloureux qu'une brûlure ?

J'essayais de me faire la plus petite possible dans la cour de récréation. Constatant mon trouble, Virginie, ma meilleure amie, a murmuré quelque chose à mon oreille. J'ai souri… Elle a filé vers les autres élèves de ma classe. C'est à ce moment que je suis tombée nez à nez avec Jean-Robert. Il m'a jeté un coup d'oeil distrait et a poursuivi sa route en quête, visiblement, d'une araignée à écrabouiller ou à carboniser.

Ouf ! Je l'ai échappé belle.

—Hé, toi ! m'a-t-il crié.

J'ai continué à marcher. Je pourrai toujours prétendre que je ne savais pas à qui il s'adressait. C'était trop facile. Il m'a rejointe en quelques secondes et m'a bloqué l'accès à la porte d'entrée de l'école.

—Qu'est-ce que tu as sur le front ? m'a-t-il demandé d'une voix dure.

—Euh… rien ! lui ai-je répondu, en prenant soin de masquer Mademoiselle six pattes.

D'un geste brusque, il a retiré ma main et a poussé un cri d'exclamation.

—Une araignée ! Une araignée sur ton front ! Il faut la tuer !

J'ai eu une idée de génie.

—Ce n'est pas une araignée, Jean-Robert : elle a six pattes.

Le garçon a été saisi par ma remarque. Il a compté à voix haute, en accompagnant chaque chiffre d'un hochement de tête.

—Six pattes... Mais elle aurait pu passer sous une tondeuse, a-t-il dit, l'air soupçonneux. Je ne veux pas prendre de risque. Tu comprends, c'est ma réputation qui est en jeu.

J'aurais voulu m'enfuir, mais j'ai soudainement compris que nous étions entourés d'une foule d'élèves. Mon amie Virginie m'a tirée du pétrin.

ZZZOU!!!

—Tu n'y connais rien, Jean-Robert, lui a-t-elle dit. C'est pour un travail en sciences de la nature.

Elle a écarté les cheveux noirs de son front pour dévoiler l'araignée qu'elle y avait dessinée. Elle a été imitée par mes camarades de classe. Tous montraient leur Mademoiselle six pattes.

Jean-Robert a grimacé devant la scène.

—Vous êtes malades ! a-t-il crié en s'engouffrant dans l'école.

J'ai senti l'araignée frémir sur mon front…

# Chapitre 7

# Mais où est-elle passée ?

J'ai très mal dormi la nuit dernière. Je craignais, en retournant la tête sur mon oreiller, d'écraser l'araignée.

J'ai aussi eu le malheur de penser que l'araignée pourrait changer de place. Quand je me réveillerais, serait-elle encore sur mon front ? Dans l'une de mes oreilles ? Dans ma bouche ? Ouache !

Mais quand le réveil a sonné à 7 heures, j'ai constaté que Mademoiselle six pattes n'avait pas trouvé refuge dans ma bouche ou dans mes oreilles ou…

Elle n'était plus sur mon front !

Je promenais mes doigts sans rencontrer son corps velu.

Je me suis précipitée à la salle de bains pour regarder, dans le miroir, mon visage et mon front, libres de la présence de Mademoiselle six pattes.

J'étais soulagée. En même temps, ça me faisait un petit quelque chose : on avait tissé ensemble un lien très étroit, tant on était proches l'une de l'autre.

Je ne savais pas encore ni pourquoi ni comment elle avait atterri sur mon front.

Pour la même raison, je ne savais ni pourquoi ni comment, un serpent était noué autour de ma taille ce matin…

## Alain M. Bergeron

Vous connaissez sûrement Garfield ? Ce gros chat orange qui se plaît à inventer mille et une façons d'écraser les araignées. J'étais un peu comme lui auparavant (je ne ressemblais pas à un gros chat orange, tout de même)... Dès que j'apercevais cette petite bête à huit pattes dans mon environnement, je ne cherchais qu'une seule chose : un journal pour l'écrabouiller !

Puis, un jour, j'ai compris toute leur utilité dans la nature. Et curieusement, au fil du temps, j'ai apprivoisé ma peur et mon dégoût. Aujourd'hui, si une araignée est dans ma maison, je ne cherche plus à l'aplatir contre un mur. Je la laisse monter sur ma main et je la mets dehors, tout simplement. S'il fait moins 20 degrés Celsius, ce n'est pas mon problème...

Et si un jour, je me réveillais avec une araignée sur mon front, je la remercierais de ne pas avoir élu domicile... dans ma bouche !

## Bruno St-Aubin

OUACHE ! Une araignée ! Qu'a-t-il de plus répugnant qu'une... araignée ? Deux araignées ! C'est noir, plein de poils, ça possède huit pattes et huit yeux globuleux. C'est cruel, plein de venin pour tuer et faire souffrir ses proies et en plus, ce n'est même pas un insecte !

Il y a sûrement une raison pour que la nature endure une bestiole aussi affreuse. J'ai cherché. J'ai lu sur le sujet. Je les ai même observées à la loupe. Comme Alain, il m'a fallu beaucoup de courage. Puis, moi aussi j'ai compris ! Maintenant c'est à vous de trouver pourquoi ce ne sont pas les chiens qui sont les meilleurs amis de l'homme, mais bien les araignées...

## MA PETITE VACHE A MAL AUX PATTES

1. *C'est parce que...*, de Louis Émond, illustré par Caroline Merola.
2. *Octave et la dent qui fausse*, de Carmen Marois, illustré par Dominique Jolin.
3. *La chèvre de monsieur Potvin*, de Angèle Delaunois, illustré par Philippe Germain, finaliste au Prix M. Christie 1998.
4. *Le bossu de l'île d'Orléans*, une adaptation de Cécile Gagnon, illustré par Bruno St-Aubin.
5. *Les patins d'Ariane*, de Marie-Andrée Boucher Mativat, illustré par Anne Villeneuve.
6. *Le champion du lundi*, écrit et illustré par Danielle Simard.
7. *À l'éco...l...e de monsieur Bardin*, de Pierre Filion, illustré par Stéphane Poulin, Prix Communication-Jeunesse 2000.
8. *Rouge Timide*, écrit et illustré par Gilles Tibo, Prix M. Christie 1999.
9. *Fantôme d'un soir*, de Henriette Major, illustré par Philippe Germain.
10. *Ça roule avec Charlotte !*, de Dominique Giroux, illustré par Bruno St-Aubin.
11. *Les yeux noirs*, de Gilles Tibo, illustré par Jean Bernèche. Prix M. Christie 2000.
12. Ce titre est retiré du catalogue.
13. *L'Arbre de Joie*, de Alain M. Bergeron, illustré par Dominique Jolin. Prix Boomerang 2000.
14. *Le retour de monsieur Bardin*, de Pierre Filion, illustré par Stéphane Poulin.
15. *Le sourire volé*, de Gilles Tibo, illustré par Jean Bernèche.

Imprimé sur du papier 100 % postconsommation, traité sans chlore, accrédité Éco-Logo et fait à partir de biogaz.

Achevé d'imprimer
sur les presses de Marquis Imprimeur
à Cap St-Ignace
en janvier 2006